AF356325

COQUETTE & PAPILLON

Pochade en un acte, mêlée de chant

PAR MM. HENRI AVOCAT ET DÉSIRÉ.

Personnages :

COQUETTE, chanteuse des rues   MM. BONNET.
PAPILLON, sa sœur aînée . . . . JEAN-PAUL.
DUPLANTIN, jeune gandin. . . . PAUL LEGRAND.

La scène se passe où l'on voudra, pourvu que ce soit dans une rue.

Pour la musique s'adresser à M. Verlent, copiste du théâtre des Bouffes-Parisiens.

SCÈNE PREMIÈRE.

COQUETTE (*entrant seule*). — Oui, ma sœur, je n'y manquerai pas ! vous me retrouverez là, prenez tout votre temps pour faire votre marché... J'avais besoin d'être seule pour penser en paix à ce jeune homme qui semble s'attacher à mes pas... Quel amour respectueux que le sien ! Jamais il ne m'adressa la parole, pourtant je suis sûre que ses vues sont honnêtes ! Quelle singulière situation pour une jeune fille... Ne rien dire et ne pas moins penser... Attendre qu'il plaise au prétendant de se déclarer...

AIR : Musique nouvelle.

Jeunes tendrons, votre sort malheureux
De pleurs brûlants remplit mes yeux
Pensant tout bas que s'il s'égare en route
S'il tarde encô ô re à se déclarer
Mon chéri ne pourra sans doute
Les rides de mon front effacer...
Ah ! quel affront ! j'ai vingt-neuf ans,
Mon cœur sans gazouiller
Mon cœur va se rouiller...
Je pourrai me fouiller
J' peux m' fouiller (bis)
(*On entend la voix de Papillon.*)

COQUETTE. — Ciel ! on insulte ma sœur ! Courons la défendre. C'est inutile ! il me souvient qu'elle a pris son parapluie ce matin !

(Entrée de Papillon, les vêtements en désordre.)

SCÈNE DEUXIÈME.

COQUETTE, PAPILLON.

PAPILLON. — Tu n'y reviendras plus, je l'espère, insolent, te frotter à ma vigueur !

COQUETTE. — Qu'est-il donc arrivé, ma sœur ?

PAPILLON. — Ne le devinez-vous pas, ma cadette ! Ne savez-vous point que l'innocence court des risques...

COQUETTE. — Eh ! quoi ?...

PAPILLON. — Soyez tranquille ! Je l'ai puni ! Grâce à mon parapluie et à trois sous de fromage d'Italie que je lui appliquai sur le *facies*... Et maintenant je suis toute à vous... Avez-vous pris votre *laï* ?

COQUETTE. — Mon lait ? Vous savez bien, ma sœur, que je ne prends pas de lait, mais du café au lait...

PAPILLON. — Votre intelligence fait une ascension ! Elle se gonfle cours Saint-André ! Elle est dans les nuages, votre intelligence ! Je parle musique, et nous ne sommes pas d'accord à propos du Laï...

COQUETTE. — C'est qu'en vérité, ma sœur, vous avez une si singulière façon de parler ... On serait loin de se douter que vous appartenez à la France... On vous croirait plutôt native du Tyrol...

PAPILLON. — Vous appartient-il, ma sœur, de critiquer ma façon de parler ! Vous ne vous entendîtes donc jamais chanter ? On dirait vraiment que vous marchez sur une plaque de tôle rougie à blanc...

COQUETTE. — Ma sœur ! ma sœur ! lavons notre linge sale en famille ! La rue, voilà notre arène, notre tremplin ! Quel est notre devoir ? Charmer les passants ! Que deviendrait la gaîté sans les doux refrains des dames Amadou ?..

PAPILLON. — Vous avez raison, ma sœur. Que la fête commence ! J'aperçois les jeunes gens de la ville...

COQUETTE. — Il est avec eux, ô joie !

PAPILLON. — Hein ? Qu'entends-je ? Baissez les yeux, ma sœur, et songez que si nous devons rapporter une forte recette à la maison, nous devons aussi...

COQUETTE. — Pillon ! Pillon ! depuis vingt-neuf printemps que je suis puberte, avez-vous le moindre écart à me reprocher, je ne le crois pas ! Je peux, sans rougir, secouer les panaches de mon chapeau, et cependant, croyez-vous qu'il soit agréable à un cœur ardent d'espérer toujours et sans espoir ?

PAPILLON. — Je pourrais me dispenser de vous rappeleur qui nous sommes et l'Eclat de mon origine !

COQUETTE. — Est-ce que ça va recommencer ? Vous avez la toquade de croire que vous devez descendre des *croisés*, parce que notre aïeul s'est jeté par la fenêtre !...

PAPILLON. — Vous savez aussi bien que moi, ma sœur, que je n'ignore pas la *modicité* de notre naissance. Je sais aussi bien que vous que mon père était flotteur de bois sur le fleuve et que ma mère était vivandière dans les z'hussards de la garde... Mais si nous nous faisons passer aux yeux de tous pour être de noble souche, cela doublera l'intérêt de la recette !

COQUETTE. — C'est entendu !

PAPILLON. — Voilà la foule... Allez-y des Jérémiades et mettez-y toute votre âme.

COQUETTE. — Ce sera difficile. La panade du déjeûner ne veut pas passer...

PAPILLON. — Allez-y tout de même ! Avez-vous le mouchoir et l'éponge.

COQUETTE — Oui, ma sœur.

(Elles accordent leurs guitares et préludent sur l'entrée de la foule.)

SCÈNE TROISIÈME.

COQUETTE, PAPILLON, DUPLANTIN,
Habitants des deux sexes.

CHŒUR (*musique nouvelle*).

Pour charmer nos tympans
A nous autres passants
De l'aurore à la brune
Les deux sœurs Amadou !
Chantent leur infortune
la ! la ! ou (bis)

Dites vos chants si doux,
Vous aurez nos gros sous.
La ! la ! ou (*bis*).

TYROLIENNE

COQUETTE. — PAPILLON

J' suis fill' de mon papa,
Lan deri leri dera.
On m'a toujours dit ça.
Lan deri leri dera.

COQUETTE.

Papa z'-était un schah ,
Lan deri leri dera.

PAPILLON.

Maman plut à papa.
Lan deri leri dera.

ENSEMBLE.

Nous somm's fill's d'un schah,
Lan deri leri dera.
J'en sais pas plus long qu' ça.
Lan deri leri dera.

PAPILLON. — Chaud ! chaud ! ma sœur ! Laissez-moi allumer l'assistance avec la délicieuse complainte composée sur nos infortunes ! Simulez sur votre corde basse un trémolo agitato...

COMPLAINTE

(*Pêcheur et Pêcheresse*, musique de Victor Chéri.)

PREMIER COUPLET

Dans un château du moyen-âge
Vivait un noble châtelain...
Il avait voiture, équipage.
C'était le noble Babolein !...
Il partit un beau jour
Comme un gai troubadour
De son roi voir la cour,
Sa femme il embrassa
Puis à cheval monta
On n' la plus r'vu depuis c' temps-là.

ENSEMBLE

Ah ! la ! la ! (bis)
Qu'est devenu
Not' papa ! (bis)
Hi! Hi!
Il a péri
Valako ! (bis)
Bolbao !

PAPILLON. — Demandez la poésie et la photographie des deux inséparables et infortunées filles du sire Babolein. Demandez.., Un franc au moins ! Tout ce que l'on voudra en plus... La générosité n'est pas taxée comme le pain...

COQUETTE. — Ne voyez-vous pas que l'assistance n'est pas chauffée pour la vente des petits cahiers... Avez-vous fini ? Puis-je t'y développer mes organes vocaux...

PAPILLON. — Allez-y ?

COQUETTE. — Deuxième couplet, la même air.

DEUXIÈME COUPLET

Son écuyer eut le courage
De s'emparer de tout son bien,
Ce vil coquin, en homme sage,
Chassa maman sans donner rien.
Pour rejoindre papa
Maman nous déposa
Dans un bois et fila ;
Puis elle s'installa
Dans le quartier Bréda
Sans s'inquiéter plus qu' ça...
C'est pas bien ce qu'elle a fait là.

(Pendant le second couplet, un jeune gandin, le nommé Duplantin, se détache de la foule et agace la jeune Coquette. Papillon l'éloigne à coups de parapluie.)

DANSE COMIQUE
Valse nouvelle de P. Demonchy.

Les deux sœurs, poursuivies par Duplantin, vont recueillir les offrandes, pendant que Papillon compte la recette, Duplantin se jette aux genoux de Coquette, en lui couvrant la main de baisers.

COQUETTE (*émue*). — Ah ! qu'il est bien, ce jeune adolescent. Ma sœur, ma sœur... combien ?...

PAPILLON. — Quatorze sous seulement.

COQUETTE. — Combien je sens que je faiblis ! Ah ! ah ! comme je faiblis...

PAPILLON. — Que vois-je ? Et vos serments ? ma sœur !

COQUETTE. — La folle passion ne raisonne pas ! mon cœur a parlé... Je veux tâter du mariage.

FAPILLON. — Tout ça c'est des bêtises. Vous regretterez, ma sœur, cette résolution et vos illusions de jeune fllle. N'importe ! Si ses vues sont honnêtes, je vous donne mon consentement... Soyez heureux tous deux

et n'oubliez jamais dans votre ménage de mettre à
tous les repas le couvert de votre sœur puînée..... (*A
Duplantin.*) Monsieur, à qui avons-nous l'honneur ?.....

(Duplantin fait comprendre par signes qu'il est SOURD et
MUET).

COQUETTE. — Grands dieux ! Sourd et muet ! Voilà
donc la cause de son silence !... Je sens que mon
amour redouble (eu égard à son infortune)... Et depuis
combien de temps êtes-vous sourd et muet?

DUPLANTIN (*avec force*). — Depuis ma naissance !

COQUETTE. — Alors tout espoir est perdu ! ! !

PAPILLON. — Profitons-en pour aller dresser le contrat
chez le marchand de vin... Dès à présent il y a pro-
messe de mariage entre la belle Coquette et l'infortuné
Duplantin.

ENSEMBLE FINAL

(Deux Artistes capillaires, musique de Kriesel.)

Pour cimenter leur mariage
Chantons Coquette et Duplantin !
Fêtons l'hymen qui nous engage
Chez monsieur le marchand de vin.

PAPILLON.

Ces vers-là dans une opérette
Ça peut passer, mais c'est pas fort.

COQUETTE.

Dans ce genre-là, plus c'est bête,
Moins les auteurs ils ont de torts.

ENSEMBLE

Pour cimenter ce mariage
Parlez-nous donc, cher Duplantin,
Il est muet... Dieux ! quel dommage !
Mais il peut boire... c'est certain !

DUPLANTIN

Que voulez-vous que je vous dis ?
Je ne sais pas faire les vers
Bien sûr je vas dire une bêtise...
Ou bien rimer tout de travers !

(REPRISE).

*Duplantin et Coquette se prosternent devant Papillon. — La
foule attentive se découvre. Tableau. — Le rideau baisse.*

BRIFFAUST

A

LA GRANDE OPÉRA

MONOLOGUE-PARODIE EN UN PETIT ACTE D'UNE ŒUVRE LYRIQUE EN PLUSIEURS TABLEAUX, — LE TOUT ORNÉ DE MÉLODIES ANCIENNES ET NOUVELLES, ET DE RÉFLEXIONS DU CUIRASSIER ONÉSIPHORE COLIN.

RÉCIT

C'est moi ? j' vas foi d'Auguste,
De ma voix la plus juste
Roucouler... comme il faut
La Grand' Opéra d' Faust...

CHANT

Ah ! vrai de vrai ? pour cett' grande Opéra
Qu'est si vraiment unique, diabolique
Dimanch' dernier, j' m'a payé c' luxe-là
D'entendre chanter Faust avec force musique.

Ah ! que c'est beau
Quand on chante Faust, } (quatre fois).
Et qu'il fait chaud

Parlé: Salut à la Compagnie ! Ah ! mes enfants ! J'en suis comme une bête, j'étais dimanche de permission et je m'a offert la Grande Opéra ! C'est ça qu'est Rigolo ! J'ai ri, j'ai ri, j'en ris encore... c'est de trop !... Pour adoucir les mœurs, a dit le fils *Losophe,* de la musique n'en *faust,* pas trop n'en *faust...* N'en *faust,* il en *faust !* Il est un peu tapé ce cayembourg ! Au fait, puisque je suis sur les lieux, c'est une corvée plus agréable. Permettez — si vous ne connaissez pas cette histoire allemande — que je vous la *Degoëthe !* sur le pouce... Suivez bien mon raisonnement, en deux temps deux mouvements : ça commence par une ouverture qu'est de la musique suave et ça fait sentir que ce sera conséquent et amoureux.

Effectivement, la premier acte se passe chez un vieil herboriste qu'il s'appelle *Faust* parce qu'*il chante juste* quand le rideau se lève et que ce sont des *bas sons*, des *sons bas*, mais *si bas* que ça ne le *chausse* pas du tout et que ça augmente ses douleurs.

Ne sachant plus comment s'en sortir, il se donne à tous les diables etqu'il en paraît un qui sort de la cave.

Ce qui explique pourquoi qu'il a une voix si enrouée que tous les chats de son quartier, ils se sont donnés rendez-vous dans son gosier et qu'il dit avec un accent marseillais n° 1 « Prends cette poudre insecti-cide et qu'elle te rendra jeune et joli comme à vingt ans, qu'elle est brévetée, bagasse ! »

Que Faust saisit l'occasion de chanter un grand air vu qu'il se sent *remué jusqu'à la plante des pieds.*

Le diable retire le paravent de la cheminée et à tra-vers un rideau de *gaze* qui est *éclairé* par un *quinquet*, il lui fait voir qu'il y a *mèche* de faire connaissance avec une jeune fille *qui file à sa croisée.*

Et à la *fleur de l'âge*, bien que ça se passe à la *brune* et qu'elle soit *blonde* avec de l'étoupe à son rouet. Faust retire sa robe de chambre, sa perruque et sa barbe de vieux, et quand de vieux *roué*, il passe *petit crevé*, il *file* la retrouver. C'est gentil, ce premier acte et c'est pas long ! Que j'ai profité de *l'entr'acte* pour me payer un gloria à la buvette qu'est en face tout *juste* de chez M. *Faust.*

CHANT

Je me disais, dégustant mon moka,
Que Monsieur Faust avec son spécifique
Autant de fois que cela lui plaira,
Pourra *changer* son âge et son physique.

Ah ! que c'est beau
Quand on chante Faust   *(Quatre fois.)*

Parlé: A la second acte, c'est la *queremesse* qui est dans ces pays comme qui dirait *la foire* de chez nous. Ce qui le prouve c'est que tous les personnages ils entrent en se tenant le ventre parce qu'ils ont mangé trop de pain d'épices, ce qui leur fait danser un *pas* qui ne manque *pas de caractère.*

Arrive le petit Si bête, qui est un jeune cornichon qui *confie* son amour pour Marguerite à tout le monde que c'est comme un bouquet de fleurs ! que Valentin, le frère de la jeune personne qui est dans *les cuirassiers* et qui *est un dragon* de vertu, il arrive pour s'en aller rejoindre son régiment vu qu'il a fini son congé de *semestre* et qu'il va *semesttre* en voyage et que les *chœurs* qui ne sont pas *sans cœur* le prient de chanter un air qu'ils reprennent et qu'ils dansent sur le refrain avec entrain :

> Ah ! quel plaisir d'êtr' tourlourou !
> Les femmes (bis) sont à vous !
> Eh ! youp ! Eh ! youp !
> Pioup ! pioup ! tra la la !

On s'arrête là parce que l'herboriste et le diable qu'il s'est déguisé en Ab-del-Kadet et qu'il a un plumet, ils ne se quittent plus depuis qu'ils ont signé un *acte de société* à *l'acte* d'avant, ils *guignent* Marguerite qu'elle se rend au marché pour acheter des *cerises*... Que l'herboriste lui offre un bouquet de chardons, chose *simple*, ce qui double son amour c'est qu'elle lui répond : *Des navets !!*

Au *Clair de la lune*, Valentin aperçoit le truc, grâce à un bec de *gaz* qui *l'éclaire* sur ses projets et il les sépare sur le *champ* d'*elle*, leur disant que s'ils *bougent*... *ils* sont morts... Le diable se met à rire en Marseillais et provoque le *frère* à croiser le *fer*, que tout le monde lui fait des cornes et que ça lui rappelle qu'il est marié et qu'il l'a été (C'est toujours désagréable quand on l'est et il l'est laid ! celui-là, je vous en réponds...) Le bec de gaz qui n'est pas du tout moyen-âge s'éteint et le second acte finit sur un chant *lent*, *terne* et plein d'un feu qui jette des clartés.

Que j'ai profité de l'entr'acte pour me payer un gloria à la buvette qu'est en face tout juste de chez M. *Faust !*...

CHANT

> Cet acte-là, c'est plein de mouvement,
> Mais je le dis; sans aucun artifice,

Cela m'a fait passer un beau moment,
Quand mon fiston du fût tira l' feu d'artifice !

Ah ! que c'est beau
Quand on chante Faust. } *(Quatre fois.)*

Parlé : La troisième acte, c'est pas pourbêcher, mais ça se passe dans le jardin de Marguerite.

Que le petit Si bête qu'il l'est encore davantage vient roucouler : « Je l'aime ! Je l'aime » en bon ténor qu'il est amoureux, et que la femme de ménage le surprend au moment qu'il dépose au bas du mur du pavillon un bouquet de chardons et là-dessus il s'en va parce qu'il faut qu'il rentre à sa pension à neuf heures pour qu'on le couche.

Arrivent l'herboriste et le diable pour effeuiller, pour effrayer Marguerite et qu'ils chantent un duo que je n'y ai rien compris... ni eux non plus probablement, et ils se retirent voyant que Marguerite revient de porter son ouvrage et qu'elle se plaint que la couture ne va guère vu que c'est la saison morte. Elle se met à filer des sons et de l'étoupe.

A son rouet qu'elle se tresse *un* ou deux tresses, dans sa détresse, pour ses nattes vu qu'elle est blonde... Le diable qui a déposé au pied du mur *un* boîte de bijoux voyant qu'elle s'en pare et s'en empare, présente l'herboriste comme ayant offert ces bijoux *faux*. Faust qu'est un ténor profite de ça pour chanter une romance, que c'est après un duo et que ça finit avec la femme de ménage et le diable à quatre, que Marguerite remet à l'herboriste la clef du pavillon qui sera ta clef des champs.

On baisse le rideau, mais que l'on refrappe pour dire de ne pas bouger de sa place. Le tableau d'après est un triste tableau, ça n'a pas été long, l'herboriste il n'est pas revenu ce qui fait que la Marguerite, elle se dessèche et que ça finit tout de suite.

Que j'ai profité de l'entr'acte pour me payer un autre gloria à la buvette qu'est juste en face de chez M. Faust.

CHANT

On a tout vu lorsque l'on a vu ça,
Et cependant, on prévoit qu' Marguerite

De l'abandon de son Faust pleurera,
Ce qui bien sûr, bien sûr doublera son mérite!

>   Ah ! que c'est beau !   } *(Quatre fois.)*
>   Quand on chante faust !   }

Parlé : La quatrième acte c'est toujours la place oùsqu'il y a un bec de gaz, seulement qu'on a placé à droite une armoire oùsqu'il vient des jeunes filles à l'heure du déjeûner... pour entrer dedans afin de prendre leur nourriture. Que Marguerite vient aussi pour chanter que l'herboriste l'a lâchée et elle va se payer comme à *l'ordinaire* un *ordinaire*. Son frère Valentin, qui rentre en ses foyers avec les amis de la même classe, il se met à chanter un chœur de soldats. Je ne vous que ça, ils sont bien *mal habillés*, mais que la musique elle est bien *étoffée* !...

On croirait entendre l'orphéon de chez nous. — 19.

L'herboriste arrive avec son ami le diable, plus amoureux que jamais et ils donnent une *sérinade* à Marguerite et que le diable qui ne fait rien comme personne, il s'accompagne avec son coupe-choux en guise de guitare, vu que l'administration manque de cet instrument. Patatra, va te promener, le petit Si bête pour se venger apprend à Valentin que son beau-frère l'herboriste il a oublié d'aller chercher ses papiers au pays avant le mariage. Il en surgit des mots très vifs et de fil en aiguille, ils tirent leurs aiguilles à tricoter et que Valentin qu'est bête comme une oie, il se fait embrocher comme un poulet sur l'air de : « Bon voyage, mon cher Valentin..... » à grand orchestre !

Valentin tombe par terre, les autres s'en sauvent. Les passants entourent le militaire et lui demandent de ses nouvelles. Il leur z'y répond (en voix de baryton) : « Je suis bien malade », et Si bête qu'est jaloux de plus en plus va chercher sa sœur qu'il la maudisse avant de casser sa pipe, et ces malédictions toujours en voix de baryton, ça finit très bien cet acte-là.

Valentin qui est mort peut aller se déshabiller et que moi, je fus été dans cet entre acte prendre un dernier gloria à la buvette qu'est tout juste en face de M. Faust. Bref à la dernier acte ousqu'il y a *une potée de roses.*

Je n'y ai rien rien compris, vu que j'étais agité (Je ne sais si c'est par le moka ou cette pièce diabolique) que j'en ai perdu le fil et que j'ignore si l'herboriste et Marguerite ils seront heureux et s'ils auront beaucoup d'enfants, mais je sais bien une chose, c'est que cette pièce-là aura beaucoup de représentations et que je ne m'avais jamais payé tant de glorias, ce qui ne m'empêche pas de redire avant de vous quitter

> Ah ! que c'est beau !
> Quand on chante Faust.
> Et qu'il fait chaud.

Et je vous salue

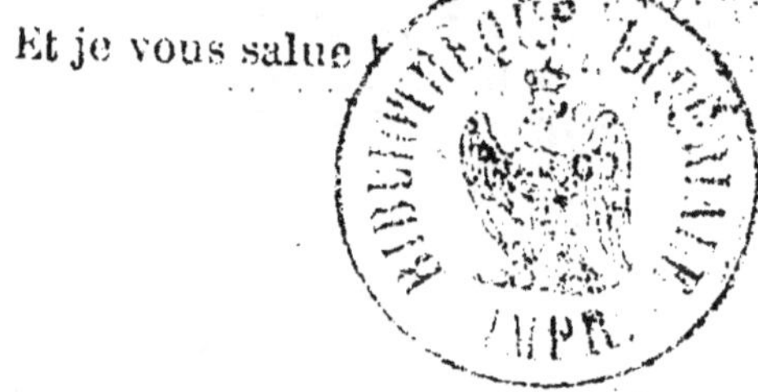

Paris. — Imp. Schiller, 10, faub Montmartre.